Ninorc'k remplit d'abord toutes les terrines de terre de Quimper,
puis toutes les barattes de bois, mais le lait ne s'arrêtait pas.

JEAN ROUGE CORSE

JEAN ROUGE-GORGE.

Ninorc'k s'en alla donc avec sa petite fille pâle,
qui traînait par une vieille corde, la vache maigre.....

Ninorck s'en alla donc avec sa petite fille pâle,
qui traînait par une vieille corde, la vache maigre...

Comorre s'élança vers la malheureuse Triphina qui était tombée à genoux ;
et, d'un seul coup, il lui détacha la tête des épaules.

TRIPHINA LA JOLIE.

Alors, le plus vieux des envoyés alluma une poignée de paille qu'il jeta au vent, en disant que la colère de Comorre passerait ainsi sur le pays du blé blanc.

TRIPHYNA

LA JOLIE

JEAN ROUGE-GORGE

PAR

E. SOUVESTRE.

TEXTE ILLUSTRÉ

DE

JOLIES VIGNETTES COLORIÉES

COMPOSÉES PAR

A. BELIN.

LITHOGRAPHIE ARTISTIQUE DE LA LORRAINE

HAGUENTHAL, ÉDITEUR

A PONT-A-MOUSSON (Meurthe).

1861

Pont-à-Mousson, Typ. Toussaint.

TRIPHYNA LA JOLIE.

BIEN longtemps avant la révolution, on dit que Vannes était une ville encore plus belle et plus grande, et qu'à la place de monsieur le préfet, il y avait un roi qui était maître de tout ! Ceux qui m'ont raconté les choses que je vais vous redire ne m'ont pas appris son nom ; mais il paraît que c'était un homme craignant Dieu et dont on n'avait jamais mal parlé dans le pays.

Il était veuf depuis longtemps et vivait heureux avec sa fille, qui passait pour la plus belle créature du monde entier. On l'appelait Triphyna. Ceux qui l'ont connue ont assuré qu'elle était arrivée jusqu'à l'âge où l'on met les gens dans leur biéns (1) sans avoir commis un seul péché mortel ! Aussi le roi son père eût-il mieux aimé perdre ses chevaux, ses châteaux et toutes ses fermes, que de voir Triphyna mécontente de vivre.

Cependant, il arriva qu'un jour des ambassadeurs de Cornouaille se firent annoncer. Ils venaient de la part de Comorre, prince puissant de ce temps-là, qui régnait sur le pays du blé noir comme le père de Triphyna régnait sur le pays du blé blanc (2). Après avoir offert en présent à ce dernier du miel, du fil et une douzaine de petits pourceaux, ils lui

(1) Majorité. Les Bretons désignent une personne majeure par cette expression : *den a dra* ou *lekësal en e dra*, c'est-à-dire *l'homme de sa chose* ou *mis en possession de sa chose.*

(2) Le nom breton de Vannes, *Gwen-ed*, signifie mot à mot *blé blanc.*

déclarèrent que leur maître était venu à la dernière foire de Vannes, déguisé en soldat, qu'il avait vu la jeune princesse, et qu'il en avait éprouvé un sentiment si impétueux, qu'il la voulait en mariage, quoi qu'il pût lui en coûter !

Cette demande jeta le roi et Triphyna dans un grand chagrin ; car le comte Comorre était un géant qui passait pour le plus méchant homme que Dieu eût créé depuis Caïn. Tout jeune, il s'était habitué à trouver son plaisir dans le mal, et, telle était sa malice que, lorsqu'il sortait du château, sa mère elle-même courait tirer la corde du beffroi pour avertir les gens du pays de se garder. Plus tard, quand il fut devenu le seul maître, sa cruauté n'avait fait que grandir. On racontait qu'un matin, en partant, il avait essayé son fusil sur un enfant qui allait conduire un poulain à la friche et qu'il l'avait tué ! D'autres fois, lorsqu'il revenait de la chasse sans avoir rien pris, il dé-

couplait ses chiens contre les pauvres gens
attardés dans la campagne, et les faisait dé-
chirer comme si c'eût été des bêtes fauves.
Mais le plus horrible, c'est qu'il avait eu suc-
cessivement quatre femmes qui étaient mortes
tout d'un coup et sans avoir reçu les derniers
sacrements; si bien qu'on le soupçonnait de
les avoir tuées avec le couteau, le feu, l'eau ou
le poison !

Le roi de Vannes répondit donc aux ambassadeurs que sa fille était trop jeune et de
trop faible santé pour changer de condition;
mais les Kernewods répliquèrent brusquement, comme c'est leur coutume, que le
comte Comorre ne croirait point à ces ex-
cuses, et qu'ils avaient ordre, s'ils ne ra-
menaient point la jeune princesse, de décla-
rer la guerre au roi de Vannes. Celui-ci répondit qu'ils étaient les maîtres. Alors, le
plus vieux des envoyés alluma une poignée
de paille qu'il jeta au vent, en disant que la

colère de Comorre passerait ainsi sur le pays
du blé blanc ; après quoi il partit avec les
autres (1).

Le père de Triphyna, qui était un homme
de courage, ne s'épouvanta pas pour une
pareille menace, et il réunit tous les soldats
qu'il put trouver, afin de défendre sa terre.
Mais peu de jours après il sut que le comte
de Cornouaille conduisait contre Vannes une
puissante armée. Il l'aperçut bientôt en effet
qui s'avançait avec des trompettes et des ca-
nons. Il se mit alors à la tête de ses gens, et
la bataille ne pouvait, tarder quand saint

(1) Cette forme de déclaration de guerre, conservée
par la tradition, est curieuse ; nous ne l'avons vu nulle
part ailleurs. Les féciaux romains lançaient sur le territoire ennemi un javelot passé au feu ; au moyen âge, on
jetait le gantelet de fer, on se mordait le doigt ; les sau-
vages de l'Amérique du nord envoient, comme les Scythes,
des faisceaux de flèches ; le nombre de celles-ci indique
celui des combattants ; mais la paille enflammée jetée
sur le territoire ennemi est une symbolisation particu-
lière que nous n'avons vue mentionnée qu'ici.

Veltas (1) alla trouver Triphyna qui priait dans son oratoire.

Le saint portait le manteau qui lui avait servi de navire pour traverser la mer, et le bourdon qu'il y avait attaché en guise de mât afin de *cueillir* le vent (2). Une auréole de feu voltigeait autour de son front. Il annonça à la jeune princesse que ceux de Vannes et de Cornouaille étaient au moment de s'entretuer, et lui demanda si elle ne voulait point empêcher la mort de tant de chrétiens en consentant à devenir la femme du comte Comorre.

— Hélas! c'est donc la mort de ma joie et de mon repos que Dieu demande? s'écria la jeune fille en pleurant. Pourquoi ne suis-je pas une mendiante! Je me marierais du moins au mendiant que j'aurais choisi! Ah! si c'est la volonté du maître de la terre que j'épouse

(1) Nom breton de saint Gildas.

(2) Cette expression de *cueillir le vent* n'appartient pas au narrateur breton, mais à Albert de Morlaix.

ce géant qui me fait peur, dites pour moi, saint homme, l'office des trépassés ; car le comte me tuera comme il a fait de ses autres femmes.

Mais saint Veltas lui dit :

— Ne craignez rien, Triphyna. Voici une bague d'argent aussi blanche que le lait, et qui vous servira d'avertissement ; car, si Comorre projetait quelque chose à votre détriment, elle deviendrait aussi noire que l'aile du corbeau. Ayez donc courage, et sauvez les Bretons de la mort.

La jeune princesse, rassurée par le présent de cet anneau, consentit à ce que demandait Veltas.

Le saint retourna sans retard vers les deux armées pour annoncer à leurs chefs cette bonne nouvelle. Le roi de Vannes ne se souciait guère de consentir au mariage, malgré la résolution de sa fille ; mais Comorre lui fit tant de promesses, qu'il l'accepta enfin pour gendre.

Les noces furent célébrées avec des réjouissances telles qu'on en a jamais vu depuis dans les deux évêchés. Le premier jour, on nourrit six mille invités, et, le lendemain, on reçut autant de pauvres, que les nouveaux mariés servirent à table, la serviette sur le bras, malgré leur haut rang (1) ! Ensuite il y eut des danses pour lesquelles on avait appelé tous les sonneurs de la basse Bretagne, et des luttes où ceux de Brévelay mirent à terre les Kernewods.

Enfin, quand les marmites furent vides et les barriques sur la lie, chacun s'en retourna dans ses terres, et Comorre emmena avec lui la jeune mariée, comme un épervier qui emporte un pauvre bruant !

Pendant les premiers mois cependant, son amour pour Triphyna le rendit plus doux qu'on

(1) Cet usage existe encore en Bretagne. Le narrateur donne ici, comme d'habitude, aux personnages du conte, les mœurs de sa propre classe.

ne devait l'attendre de sa nature. Les prisons
du château restèrent vides et les fourches de
justice sans pâture pour les oiseaux. Les gens
du comte se disaient tout bas :

— Qu'a donc le seigneur, qu'il n'aime plus
les larmes ni le sang ! Mais ceux qui le con-
naissaient mieux attendaient sans rien dire.
Triphyna elle-même, malgré la bonté du comte
pour elle, ne pouvait se rassurer ni prendre
aucune joie. Tous les jours elle descendait à
la chapelle du château, et là, elle priait sur
les tombes des quatre femmes dont Comorre
s'était fait veuf, en demandant à Dieu de la
préserver de rude mort (1).

Il y eut vers ce temps-là une grande assemblée de princes bretons à Rennes, et Comorre
fut obligé de s'y rendre. Il donna à Triphyna
toutes les clefs du château, même celles de la
cave ; il lui dit de se distraire à sa fantaisie,
et partit avec une grande suite.

(1) *Maro rust*, mort violente, en breton.

Il ne revint qu'au bout de cinq mois, et arriva grandement pressé de revoir Triphyna dont il avait eu souci pendant toute son absence. Aussi ne prit-il point le temps de la faire prévenir de son retour, et se présenta-t-il dans sa chambre au moment où elle taillait un petit bonnet de nouveau-né garni de dentelles d'argent.

En voyant le bonnet, Comorre pâlit et demanda quel devait être son usage. La comtesse qui croyait lui mettre une grande joie au cœur, déclara qu'avant deux mois ils auraient un enfant; mais à cette nouvelle le seigneur de Cornouaille recula, hors de lui, et après avoir regardé Triphyna d'un air terrible, il sortit brusquement sans rien dire.

La princesse eût pu croire que c'était un caprice, comme le comte en avait quelquefois, si elle ne se fut aperçue, en baissant les yeux, que sa bague d'argent était devenue noire! Elle poussa un cri d'épouvante, car elle se rappelait les paroles de saint Veltas et elle comprit qu'un grand danger la menaçait.

Mais elle ne pouvait deviner pourquoi, ni trouver le moyen d'y échapper. La pauvre femme demeura tout le reste du jour et une partie de la nuit à chercher d'où venait la colère du comte ; enfin, comme son angoisse augmentait, elle descendit à la chapelle pour prier.

Mais voilà qu'après avoir fini son chapelet, et lorsqu'elle se levait pour partir, minuit sonna à l'horloge ! Au même instant, elle vit les quatre tombes des quatre femmes de Comorre s'ouvrir lentement, et celles-ci en sortir couvertes de leurs draps mortuaires !

Triphyna, à demi morte, voulut fuir, mais les fantômes s'écrièrent :

— Prends garde, pauvre perdue, Comorre t'attend pour te tuer !

— Moi ! dit la comtesse, et que lui ai-je fait pour qu'il veuille ma mort ?

— Tu l'as averti que dans deux mois tu serais nourrice, et il sait, grâce à l'esprit du mal, que son premier enfant le tuera. Voilà pourquoi il nous a ôté la vie, quand il a appris de nous ce qu'il vient d'apprendre de toi !

— Seigneur ! se peut-il que je sois tombée dans des mains si cruelles? s'écria Triphyna en pleurant ; s'il en est ainsi, quel espoir me reste-t-il, et que puis-je faire ?

— Va retrouver ton père au pays du blé blanc, répondirent les fantômes.

— Comment fuir ? reprit la comtesse; le chien géant de Comorre garde la cour.

— Donne-lui ce poison qui m'a tuée, dit la première morte.

— Et par quel moyen descendre au bas de la haute muraille? demanda la jeune femme.

— Sers-toi de cette corde qui m'a étranglée, répondit la seconde morte.

— Mais qui me dirigera dans la nuit? reprit la princesse.

— Cette flamme qui m'a brûlée, répliqua la troisième morte.

— Et comment faire un si long chemin? dit encore Triphyna.

— Prends ce bâton qui a brisé mon front, acheva la dernière morte.

La femme de Comorre prit le bâton, la flamme, la corde, le poison ; elle fit taire le chien, elle descendit la haute muraille, elle vit clair dans la nuit, et elle prit la route de Vannes où demeurait son père.

Comorre, qui ne la trouva pas le lendemain en se réveillant, envoya son page dans toutes les chambres pour la chercher ; mais le page revint dire que Triphyna n'était plus au château.

Alors le comte monta à la tour du milieu (1), et regarda aux quatre vents.

____

(1) *An tour-creis*, nom donné au donjon à cause de sa position dans l'ensemble des constructions.

Du côté de la demi-nuit (1), il vit un corbeau qui croassait ; du côté du lever du soleil, une hirondelle qui volait ; du côté du milieu du jour, un goëland qui planait ; et du côté du jour couchant, une tourterelle qui fuyait.

Il s'écria aussitôt que Triphyna était dans cette direction, et, ayant fait seller son cheval, il se mit à sa poursuite.

La pauvre femme était encore sur la lisière du bois qui entourait le château du comte ; mais elle fut avertie de l'approche de celui-ci en voyant la bague noircir. Alors elle se jeta dans les landes et arriva à la cabane d'un gardien de moutons où il n'y avait qu'une vieille pie suspendue dans sa cage.

La pauvre affligée demeura là tout le jour, se plaignant et priant ; enfin, la nuit venue, elle reprit sa route par les sentiers qui côtoyaient les lins et les blés.

(1) *Hanter-noss*, le nord. Mot-à-mot : *moitié nuit* ou *minuit*, c'est-à-dire *ce qui est opposé à midi.*

Comorre, qui avait suivi le grand chemin, ne put la rencontrer ; et après avoir marché deux jours, il s'en revint sur ses pas jusqu'à la lande. Mais là, par malheur, il entra dans la cabane du berger, et entendit la pie qui essayait à imiter les plaintes qu'elle avait entendues, en répétant :

— Pauvre Triphyna ! pauvre Triphyna !

Comorre sut ainsi que la comtesse avait passé dans cet endroit ; il appela son chien fauve, lui dit de chercher les pistes et se mit à le suivre.

Pendant ce temps, Triphyna, poussée par la peur, avait toujours marché et était arrivée près de Vannes. Mais là, elle sentit qu'elle ne pouvait aller plus loin ; elle entra dans un bois, se coucha sur l'herbe, et mit au monde un enfant merveilleusement beau, qui fut appelé plus tard saint Trevor.

Comme elle le tenait dans ses bras, pleurant moitié de bonheur, moitié de tristesse, elle

aperçut un faucon, qui portait un collier d'or.
Il était perché sur un arbre voisin, et elle reconnut le faucon de son père, le roi du pays
où vient le blé blanc. Elle appela bien vite,
par son nom, l'oiseau qui descendit sur ses
genoux, et elle lui présenta la bague d'avertissement donnée par saint Veltas, en lui disant :

— Faucon, vole vers mon père et porte-lui
cet anneau ; quand il le verra, il comprendra
que je cours quelque grand danger ; il ordon-
nera à ses soldats de monter à cheval et tu les
conduiras ici pour me sauver.

L'oiseau comprit, saisit la bague et s'envola comme un éclair du côté de Vannes.

Mais, presque au même instant, Comorre
paraissait sur la route avec son chien fauve,
qui suivait toujours la piste de Triphyna ; et,
comme celle-ci n'avait plus la bague pour
l'avertir, elle ne sut rien qu'en reconnaissant
la voix du tyran qui encourageait le chien.

La pauvre innocente sentit le froid parcourir ses os. Elle n'eut que le temps d'envelopper le nouveau-né dans son manteau, pour le cacher au creux d'un arbre, et Comorre parut sur son cheval barbu à l'entrée de la clairière.

En voyant Triphyna, il poussa un cri pareil à celui des bêtes fauves, s'élança vers la malheureuse qui était tombée à genoux ; et, d'un seul coup de son couteau à tuer (1), il lui détacha la tête des épaules.

Croyant s'être ainsi débarrassé de la mère et de l'enfant, il siffla son chien et repartit pour la Cornouaille.

Mais le faucon était arrivé à la cour du roi de Vannes, qui dînait avec saint Veltas ; il vola vers la table et laissa tomber l'anneau d'argent dans la coupe de son maître. Celui-ci ne l'eut pas plutôt reconnue, qu'il s'écria :

_____

(1) *Coutel-las*, *couteau à tuer*, dont est venu le mot français *coutelas*.

— Goa! (1) il est arrivé quelque malheur à ma fille, puisque le faucon me rapporte sa bague ! Qu'on sangle vite les chevaux, et que Veltas nous accompagne ; car j'ai peur que nous n'ayons bientôt besoin de son secours.

Les serviteurs obéirent promptement et le roi partit avec le saint et une troupe nombreuse.

Ils allaient tous au galop de leurs chevaux, suivant le vol du faucon, qui les conduisit à la clairière où ils trouvèrent Triphyna morte et son enfant vivant.

Le roi se jeta à bas de son cheval, en poursant des cris à faire pleurer les chênes ; mais saint Veltas lui imposa silence.

— Taisez-vous, dit-il, et priez Dieu avec moi ; il peut encore tout réparer.

A ces mots, il se mit à genoux avec tous

(1) Exclamation de douleur qui n'a pas d'équivalent en français.

ceux qui se trouvaient présents, et, après avoir adressé au ciel un prière fervente, il dit au cadavre :

— Lève-toi !

Le cadavre obéit.

— Prends ta tête et ton enfant, ajouta le saint, et suis-nous au château de Comorre.

La morte fit ce qui lui était ordonné.

Alors, la troupe épouvantée remonta à cheval et fit force d'éperons vers la Cornouaille. Mais, quelque rapide que fut sa course, la femme décapitée se trouvait toujours en avant, tenant son fils sur le bras gauche, et sur le bras droit, sa tête pâle. ·

Ils arrivèrent tous ainsi devant le château du meurtrier.

Comorre, qui les avait vus venir, fit relever le pont. Saint Veltas s'approcha des fossés avec la morte, et s'écria à haute voix :

— Comte de Cornouaille, je te ramène ta femme telle que ta méchanceté l'a faite et ton enfant tel que Dieu te l'a donné. Veux-tu les recevoir sous ton toit?

Comorre garda le silence. Saint Veltas répéta les mêmes paroles une seconde fois, puis une troisième, et, comme aucune voix ne répondait, il prit le nouveau-né sur le bras de la morte et le posa à terre.

Alors on vit une merveille qui prouvait la toute-puissance de Dieu, car l'enfant marcha seul, librement, jusqu'au bord du fossé, y prit une poignée de sable, et, la lançant contre le château, s'écria :

— La Trinité fait justice !

Au même instant, les tours s'ébranlèrent avec un grand fracas, les murs s'entr'ouvrirent, et le château entier s'affaissa sur lui-même, ensevelissant le comte de Cornouaille et tous ceux qui avaient aidé à ses crimes.

Saint Veltas replaça ensuite la tête de Triphyna sur ses épaules, lui imposa les mains, et la sainte femme revint à la vie au grand contentement du roi de Vannes et de tous ceux qui étaient présents (1).

(1) Au dire du légendaire Albert de Morlaix, Comorre ne périt point dans cette ruine du château, et se réfugia ailleurs ; mais, sur la plainte de Guerok, les évêques de Bretagne s'assemblèrent « pour retrancher ce membre pourri du corps de l'Eglise. Cette assemblée se fit en la montagne appelée Menez-Brée, près Louargat, entre Belle-Isle et Guingamp ; car ils n'eussent osé s'assembler en aucune ville, de peur de ce tyran, lequel ayant tué le roi Johava et Jugduval, son fils, hors du pays, faisoit ce qu'il vouloit par tout ce bas pays. » Les évêques fulminèrent du lieu de leur réunion une excommunication contre Comorre, qui, selon l'historien Le Bault, « vida aussitôt ses entrailles comme Arius, » ou, selon d'autres, « vomit son âme avec son sang. »

JEAN ROUGE-GORGE

ANS un temps où les chênes qui ont servi à construire le plus vieux vaisseau de Brest n'étaient point encore des glands, il y avait sur la paroisse de Guirek une pauvre veuve appelée Ninorc'h-Madek. Elle était née d'un père de race noble et de grande fortune. A sa mort, il avait laissé un manoir avec une ferme, un moulin et un four; douze chevaux et deux fois plus de bœufs, douze vaches et dix fois plus de moutons; encore ne comptons-nous pas le blé et le lin.

Mais les frères de Ninorc'h la voyant veuve l'exclurent du partage. Perrik, qui était l'aîné, garda le manoir, la ferme et les chevaux; Fanche, le second, prit le moulin et les vaches ; le troisième, nommé Riwal, eut les bœufs, le four et les moutons; de sorte qu'il ne resta à Ninorc'h qu'une crèche sans porte, bâtie sur la lande, et où l'on envoyait autrefois les bêtes malades.

Cependant, comme elle allait y porter son mobilier de veuve, Fanche eut l'air d'avoir pitié et lui dit :

— Je veux me conduire avec vous comme un frère et un chrétien. Il y a là une vache noire qui n'a jamais pu profiter et qui donne à peine assez de lait pour nourrir un enfant nouveau-né; vous pouvez l'emmener, et l'*É-pine blanche* la gardera sur la lande.

L'*Épine blanche* (1) était la fille de la veuve;

(1) Spern-gwenn. Ce nom a été conservé en Bretagne comme nom de famille.

une enfant qui courait vers ses onze ans, mais si pâle de visage, qu'on lui avait donné ce petit nom d'une fleur des buissons.

Ninorc'h s'en alla donc avec sa petite fille pâle, qui traînait par une vieille corde la vache maigre, et elle les envoya toutes deux sur la lande.

L'*Épine blanche* restait là tout le jour, pour surveiller la *vache noire* qui avait grand'peine à trouver un peu d'herbe entre les cailloux. Elle passait son temps à faire de petites croix avec les fleurs de genêts (1), ou à répéter tout haut ses prières à la Vierge.

Un jour qu'elle chantait l'*Ave maris stella*, comme elle l'avait entendu à l'église de Guirek, elle vit, tout à coup, un petit oiseau qui vint se poser sur une des croix de fleurs

(1) Tous les pâtres de Bretagne font de ces croix avec des branches d'ajonc, aux épines desquelles ils fixent des fleurs de genêts et des marguerites; il n'est pas rare de voir sur les fossés de longues rangées de ces croix fleuries.

qu'elle avait plantée dans la terre, et qui se
mit à gazouiller, en remuant la tête et en la
regardant, comme s'il lui eût parlé. La petite
fille, surprise, s'approcha doucement et prêta
l'oreille, mais sans pouvoir distinguer ce que
disait l'oiseau. Il avait beau gazouiller plus
fort, agiter ses ailes, voltiger devant l'*Épine
blanche*, elle ne comprenait rien à tous ses
mouvements. Cependant elle trouvait tant de
plaisir à le voir et à l'écouter, qu'elle laissa
la nuit venir sans penser à autre chose. Enfin
l'oiseau s'envola, et lorsqu'elle leva la tête
pour voir où il allait, elle aperçut des étoiles
dans le ciel.

Elle courut alors bien vite chercher la
Noire, mais elle ne la trouva plus sur la lande.
Elle cria de toutes ses forces, elle frappa les
touffes de genêts avec sa baguette, elle descendit dans les trous où l'eau de la pluie for-
mait de petits étangs; tout fut inutile. Enfin,
elle entendit la voix de sa mère qui l'appelait,

comme s'il était arrivé quelque grand malheur. Elle courut vers elle, toute saisie, et, à l'entrée du champ, dans le chemin qui conduisait au logis, elle trouva la veuve près de *la Noire*, que les loups venus des taillis du Trieux avaient mangée : il ne restait plus de la bête que les cornes et les os !

A cette vue, l'*Épine blanche* sentit son sang tourner. Elle se jeta à genoux, en pleurant, car il y avait trop longtemps qu'elle gardait *la Noire* pour ne pas l'aimer, et elle répétait :

— Vierge Marie ! pourquoi ne m'avez-vous pas montré le loup ! j'aurais fait le signe de la croix avec ma baguette pour le forcer à fuir ; j'aurais répété ce qu'on apprend aux petits bergers qui gardent les troupeaux dans la montagne.

Va-t'en par saint Hervé, si tu es loup des champs ;
Va-t'en par le vrai Dieu si tu es satan (1)

(1) *Mar vezez Guilhou, ra'zy pell, en han Doué,*
Mar vezez satann, ra'zy pell drè sant Hervé.

La veuve, qui vit la douleur de la petite fille, chercha à la consoler (car c'était une vraie sainte) ; elle lui dit :

Cette formule d'exorciste a été évidemment inspirée par une circonstance de la vie de saint Hervé. Ce saint ayant été chargé par son oncle Wlphroëdus de garder sa maison pendant que le dit Wlphroëdus faisait un voyage, chargea un serviteur de conduire l'âne de son oncle au pré. « Mais le loup l'y ayant rencontré, à son avantage le dévora. Le garçon voyant cela, et n'y pouvant remédier, se prit à crier et forniler le loup. Saint Hervé, qui lors était en prières dans l'oratoire, entendant ce cry, sort dehors, et, informé comme tout s'estait passé, rentre dedans, redouble sa prière, priant Dieu de ne permettre à son occasion ce dommage arrivé à son bon oncle et hoste. Comme il priait ainsi, voilà venu le loup à grand erre. Ce que voyant le serviteur, criait au saint qu'il fermast la porte de la chapelle sur soy ; mais le saint lui respondit : — Non, non, il ne vient pas pour mal faire, mais pour amender le tort qu'il nous a fait : amenez-le et vous en servez comme vous faisiez de l'asne. Ce qu'il fist ; et estait chose admirable de voir ce loup vivre en mesme estable avec les moutons, sans leur mal faire, traîner la charrue, porter les faix et faire tout autre service comme une bête domestique. »

On trouve dans la vie de saint Malo un miracle du même genre. Ce saint obligea un loup, qui avait dévoré son âne, à remplacer ce dernier.

— Il ne faut pas pleurer la *Noire*, comme vous le feriez pour un de vos pareils, ma pauvre innocente ; si les loups et les mauvais chrétiens sont contre nous, monseigneur le bon Dieu sera pour nous. Aidez-moi donc à charger mon fagot de bruyères, et retournons à la maison.

L'Épine blanche fit ce que sa mère lui ordonnait ; mais, à chaque pas, elle poussait de gros soupirs et les larmes tombaient une à une, sur ses joues.

— Pauvre *Noire*, pensait-elle, pauvre *Noire* qui était si facile à conduire, qui mangeait de tout et qui commençait à engraisser !...

Elle n'eut point le cœur de souper et elle se reveilla bien des fois dans la nuit, croyant entendre *la Noire* meugler à la porte. Enfin, le lendemain, elle se leva avant le jour, et courut à la lande, pieds nus et sans autre habit que sa jupe.

Comme elle entrait sur la bruyère, elle

aperçut le petit oiseau qui était encore perché sur la croix de fleurs de genêts qu'elle avait plantée là et qui chantait, en ayant l'air de l'appeler. Malheureusement il lui était aussi impossible de le comprendre que la veille, et elle allait partir de dépit, lorsqu'elle crut voir un louis briller à terre. Elle voulut le retourner avec le pied, mais c'était l'herbe d'or, et à peine l'eut-elle touchée, qu'elle entendit distinctement la langue du petit oiseau (1) qui lui disait dans son gazouillement :

— *Blanche épine*, je te veux du bien, *Blanche épine*, écoute-moi.

(1) La croyance à l'herbe d'or que l'on doit cueillir, selon l'opinion populaire, *pieds nus, en chemise, sans la couper avec le fer et lorsqu'on est en état de grâces*, vient évidemment des druides. L'herbe d'or n'est autre chose que le selage des anciens, que l'on croit être la camphorate, plante appartenant à la quatorzième classe des végétaux (didynamie) ; les selages, au dire de Pline (lib. xiv), se récoltaient, en effet, nu pieds, en robe blanche, à jeun, sans le secours de la faucille, et en plaçant la main droite sous le bras gauche. On la recueillait dans une toile qui

— Qui es-tu? demanda *Blanche épine*, étonnée elle-même de pouvoir comprendre les êtres non baptisés.

— Je suis *Jean le Rouge-gorge*, répondit l'oiseau; c'est moi qui ai suivi le Christ au calvaire et qui ai brisé une épine à la couronne qui lui déchirait le front (1). En récompense de ce service, Dieu le père m'a accordé de vivre jusqu'au jour du jugement et d'enrichir une pauvre fille tous les ans. Cette année c'est toi que j'ai choisie.

— Est-ce vrai, *Jean Rouge-gorge*? s'écria *Blanche épine*, toute joyeuse; je pourrai donc avoir une croix d'argent au cou, et tu me donneras de quoi porter des sabots?

servait seulement pour cette fois. Les Bretons croient que l'herbe d'or brille de loin aux yeux de ceux qui sont dans les conditions exigées pour l'apercevoir, et que s'ils la touchent du pied, ils entendent à l'instant la langue de tous les animaux et peuvent leur répondre.

(1) La tradition relative au rouge-gorge, *qui brisa une épine de la couronne du Christ*, est répandue dans toute la Cornouaille.

— Tu auras une croix d'or et tu porteras
des souliers de soie, comme une demoiselle
noble, répliqua *Jean Rouge-gorge*.

— Et que faut-il faire pour cela, mon cher
petit cœur ?

— Il faut me suivre où je te mènerai.

Blanche épine répondit qu'elle ne demandait pas mieux, et elle se mit à courir, con-
duite par *Jean Rouge-gorge*.

Il lui fit traverser des landes, puis des
taillis, puis des champs de seigle, et il arriva
enfin sur la dune, vis-à-vis des *sept îles*.

Là, il s'arrêta et dit à la petite fille :

— Ne vois-tu rien sur le sable, là-bas, devant toi?

— Oui, bien, répondit *Blanche épine* : je
vois de grands sabots de hêtre qui n'ont pas
été rougis au feu et un bâton de houx qui
n'a pas été coupé à la faucille.

— Mets les sabots et prends le bâton.

— C'est fait.

— Maintenant, tu vas marcher sur la mer jusqu'à la première île et tu en feras le tour, d'ici que tu ne trouves un rocher sur lequel pousse du jonc couleur de mer.

— Après ?

— Tu cueilleras le jonc, tu en feras un lien.

— C'est comme fait.

— Tu frapperas ensuite le rocher avec ton bâton de houx, il en sortira une vache que tu attacheras avec la corde de jonc et que tu ramèneras à ta mère pour la consoler d'avoir perdu *la Noire*.

Blanche épine exécuta tout ce qui lui avait été dit par *Jean Rouge-gorge* ; elle marcha sur la mer, elle fit le lien de jonc, elle frappa le rocher, et il en sortit une vache qui avait l'œil aussi doux que celui d'un chien de chasse et la peau lisse comme une taupe de prairie. Ses mamelles couvertes d'un duvet blanc pendaient jusqu'à terre. *Blanche épine* la conduisit à la maison de la veuve, qui fut encore plus joyeuse qu'elle n'avait été triste.

Mais ce fut bien autre chose lorsqu'elle voulut traire *Mor-Vyoc'h* (1) (c'était le nom que Jean Rouge-gorge avait donné à la bête); le lait coulait sous ses doigts sans s'arrêter, comme l'eau d'une source.

Ninorc'h remplit d'abord toutes les terrines de terre de Quimper, puis toutes les barattes de bois; mais le lait ne s'arrêtait pas.

— Que la mère de Dieu nous sauve! s'écria la veuve, il faut que cette bête ait bu de l'eau de Languengar (2).

Et, de fait, rien ne pouvait tarir le lait de *Mor-Vyoc'h*; elle eût fourni de quoi nourrir tous les petits enfants de Cornouaille.

On ne parla bientôt, dans le pays, que de la vache de la veuve, et l'on arriva, de tous

(1) *Mor-Vyoc'h* signifie vache de mer.

(2) Les paysans bretons croient que la fontaine de Languengar a la propriété de donner du lait aux nourrices; aussi les jeunes mères s'y rendent-elles le jour du Pardon, et boivent-elles l'eau de la fontaine consacrée.

côtés, pour la voir. Le curé de Peros-Guirek vint comme les autres afin de savoir si ce n'était pas un piége du mauvais esprit; mais, après avoir mis l'étole sur la tête de *Mor-Vyoc'h*, il déclara que l'on avait rien à craindre d'elle,

Les plus riches fermiers proposèrent donc à Ninorc'h de lui acheter sa vache, et chacun renchérissait sur l'autre. Enfin Perrik arriva à son tour et lui dit :

Si vous êtes une chrétienne, vous n'oublierez point que je suis votre frère et vous me donnerez la préférence sur tous les autres. Laissez-moi emmener *Mor-Vyoc'h* et je vous fournirai, en échange, autant de mes vaches qu'il faut de tailleurs pour faire un homme (1).

La veuve répondit :

— *Mor-Vyoc'h* ne vaut pas seulement neuf vaches ; mais elle vaut autant que toutes celles

(1) Terme de mépris. Selon les paysans bretons il faut neuf tailleurs pour faire un homme.

qui paîssent dans les friches du haut et du bas pays. Avec elle, je pourrai fournir tous les marchés de l'évêché de Tréguier et de l'évêché de Cornouaille, depuis Dinan jusqu'à Carhaix.

— Eh bien, reprit Perrik, donnez-la-moi, ma sœur, et je vous abandonnerai la ferme de notre père où vous êtes née, avec tous les champs, les charrues et les chevaux.

Ninorc'h accepta cette proposition. On la conduisit à la ferme, et, après qu'elle eut enlevé une motte de terre dans les champs, bu de l'eau du puits, fait du feu au foyer et coupé une touffe de crins à la queue des chevaux pour prouver qu'elle était devenue la maîtresse de toutes ces choses (1), elle

(1) Cette manière de *prendre possession* est fort ancienne. Nous avons eu entre les mains un acte de vente daté de 1791, dans lequel l'acquisition d'une maison était établie par des actes de propriété analogues. Nous nous rappelons, en outre, avoir vu, dans notre enfance, tous ces actes de prise de possession accomplis sous nos yeux

donna *Mor-Vyoc'h* à Perrik qui l'emmena dans une maison qu'il avait bien loin de là, du côté de Menez-Brée.

Blanche épine pleura beaucoup quand elle la vit partir, et resta triste tout le jour; cependant, quand la nuit fut venue, elle rentra à l'étable pour voir s'il ne manquait rien, et, tout en garnissant les râteliers, elle répétait :

— Hélas ! pourquoi *Mor-Vyoc'h* n'est-elle pas là ? Quand pourrai-je revoir *Mor-Vyoc'h* !

Elle n'avait pas fini, qu'elle entendit derrière elle un meuglement ; et, comme, en marchant sur l'herbe d'or, elle avait appris la langue de tous les animaux elle comprit que ce meuglement disait :

— Me voici revenue, maîtresse !

Elle se détourna tout étonnée et reconnut *Mor-Vyoc'h.*

— Jésus ! est-ce bien vous ? s'écria la petite

dans une ferme du Léonnais, non pas comme formalité légale, mais comme coutume traditionnelle.

fille ; et qui vous a donc ramenée !

— Je ne pouvais pas appartenir à votre oncle Perrik, dit *Mor-Vyoc'h* ; car ma nature m'empêche de rester avec ceux qui sont en état de péché mortel. Aussi je suis revenue pour être à vous comme autrefois.

—Alors il faudra que ma mère rende la ferme, les champs et les troupeaux ?

—Non, car tout cela lui avait été pris injustement par son frère.

—Mais il viendra vous chercher ici, et il vous reconnaîtra.

—Allez d'abord cueillir trois feuilles de l'herbe de la croix (1), et je vous dirai ce qu'il faut faire.

Blanche épine revint bien vite avec les trois feuilles.

—Maintenant, dit *Mor-Vyoc'h*, promenez les feuilles depuis mes cornes jusqu'à ma queue, et ditès trois fois tout bas :

(1.) *Lousawen ar grôaz :* c'est la verveine.

« Saint Ronan d'Hybernie! saint Ronan d'Hybernie! saint Ronan d'Hybernie (1)! »

Blanche épine le fit; et, au troisième appel, la vache était devenue un beau cheval.

La petite fille demeura émerveillée.

— Maintenant, lui dit la bête, votre oncle Perrik ne pourra me reconnaître, car je ne m'appellerai plus *Mor-Vyoc'h*, mais bien *Marc'h-Mor* (2).

En apprenant ce qui s'était passé, la veuve fut grandement réjouie, et dès le lendemain elle voulut essayer son cheval pour envoyer du blé à Tréguier. Mais, jugez de son admiration, quand elle vit que le dos de *Marc'h-Mor*

(1) Cet appel à saint Ronan est expliqué par une circonstance de la vie de ce saint, qui fut accusé, dit Albert de Morlaix, « d'estre sorcier et négromancien ; » Bien que cette accusation ait été reconnue fausse plus tard, l'opinion que saint Ronan avait le pouvoir de se transformer en animal est établie dans les campagnes bretonnes, où il est resté, pour ainsi dire, le patron de ces transformations.

(2) *Marc'h-Mor*, signifie, mot à mot, cheval de mer.

s'allongeait à mesure qu'on le chargeait, si bien qu'il pouvait porter seul autant de sacs que tous les chevaux de la paroisse.

Le bruit s'en répandit dans les environs, Fanche averti vint à la ferme, et, après avoir vu *Marc'h-Mor*, il pria sa sœur de le lui vendre ; mais elle refusa jusqu'à ce qu'il eût proposé de donner, en retour, ses vaches et son moulin avec tous les porcs qu'il y engraissait.

Le marché ainsi conclu, Ninorc'h alla prendre possession de son nouveau bien, comme elle l'avait fait de la ferme, et Fanche emmena *Marc'h-Mor*.

Mais, le soir, celui-ci était encore de retour auprès de *Blanche épine* qui alla cueillir comme la veille, trois feuilles de l'herbe de la croix, les promena des oreilles à la queue du cheval en répétant trois fois : « Saint Ronan d'Hybernie ! » Et le cheval se changea à l'instant en mouton, couvert de laines aussi longues que du chanvre, aussi rouges que de l'écarlate et aussi fines que du lin peigné. *Marc'h-Mor* était devenu *Mor-Vawd* (1).

La veuve vint pour admirer ce nouveau miracle, et, en le voyant elle dit à *Blanche épine* :

— Allez chercher les grands ciseaux du berger, car ce cher aninal ne peut porter sa toison.

Mais lorsqu'elle voulut tondre *Mor-Vawd*, elle s'aperçut que sa laine poussait à mesure qu'on la coupait, si bien qu'il valait seul tous les troupeaux de l'Arhèz.

Riwal, qui arriva par hasard dans ce moment fut témoin de la chose, et il donna aussitôt son four, ses landes et tous ses moutons pour avoir *Mor-Vawd*.

Mais, au moment où il passait sur la grève avec celui-ci, le mouton se jeta dans la mer, gagna à la nage la plus petite des *sept îles*, où les rochers s'ouvrirent pour le laisser entrer, puis se refermèrent.

(1) *Mor-Vawd*, est composé de *mor*, mer, et de *vawd*, veau.

Blanche épine eut beau l'attendre à la ferme, il ne revint ni ce soir-là ni le lendemain.

La petite fille courut à la lande et y trouva *Jean Rouge-gorge*, qui lui dit :

— Je t'attendais, ma petite maîtresse. *Mor-Vawd* est parti et ne reviendra plus. Tes oncles ont été punis selon leur faute ; toi, tu es devenue une héritière assez riche pour porter une croix d'or et des souliers de soie, ainsi que je te l'avais promis : je n'ai plus rien à faire ici et je vais m'envoler bien loin. Souviens-toi toujours seulement que tu as été pauvre, et que c'est un petit oiseau du bon Dieu qui t'a rendue riche.

Blanche épine fit bâtir, par reconnaissance, une chapelle sur la lande, là où *Jean Rouge-gorge* lui avait parlé la première fois. Et les vieux hommes qui ont appris cette histoire à nos pères se rappelaient encore y avoir allumé des cierges quand ils étaient tout petits.